AF258627

PANEGYRIQVE
ROYAL.

Composé en l'honneur du tres-vi-
ctorieux, tres-auguste, & tres-
Chrestien Roy LOVIS
le Iuste.

Par MARIE MOYSI.

Chez EDME MARTIN, ruë S.
Iacques, à la Corne de Cerf.

AV ROY.

IRE,

Ce fut à la bonne heure
que par le decret du Chef
de l'Eglise vniuerselle, &
de l'aduis du premier con-
sistoire & Chapitre du
monde, il a esté dressé à

Rome la sainɛte & sacrée
Cité, en la place du grand
Constantin, deuant la pre-
miere Eglise des Chrestiẽs
Sainɛt Iean de Latran, vn
Arc triomphal en l'hon-
neur de vostre pere Hen-
ry le Grand de tres-glo-
rieuse memoire ; puis que
s'a esté vn presage & au-
gure toute certaine que ce
mesme sainɛt & sacré Cõ-
sistoire ordonnera, qu'vn
iour à l'aduenir de l'au-
tre costé de la mesme place, sera dreßee vne Statuë

size *&* plantee sur vne belle colomne de marbre, en l'honneur de voftre Majefté, afin que tous ceux qui viendront pour la veoir, puiffent dire que vous eftes le grand Monarque des François, qui furpaffez Cefar en vaillance, Conftãtin le Grand en pieté *&* religion, *&* Traian en iuftice. Et que comme en la ville de Tralles dans le Temple de Victoire, fortoit vne pálme au pied de la ftatue de Ce-

ſar : ainſi , Sire , l'on voye
naiſtre mille palmes & in-
finis lauriers aux pieds
de la voſtre, pour marque
de vos victoires & de vos
triomphes. Ce que afin
qu'il puiſſe eſtre, i'en prie
Dieu d'auſſi bon cœur,
que i'ay osé, auant mon
adieu du monde pour en-
trer en religion, en dreſſer
ce crayon & Panegyri-
que, que i'ay formé &
tracé ſur la renommee de
vos geſtes & faicts va-
leureux, que ie vous prie,

Sire, receuoir de bonne
part, comme venant de
celle qui n'a point de pareil honneur en ce monde,
que d'estre nee,

De vostre Majesté,

SIRE,

La tres humble, tres-affectionnée,& tres-obeissante seruante & sujette,
MARIE MOYSI.

PANEGYRIQVE
ROYAL.

Composé en l'honneur du tres-victorieux, tres-auguste, & tres-Chrestien Roy LOVIS le Iuste.

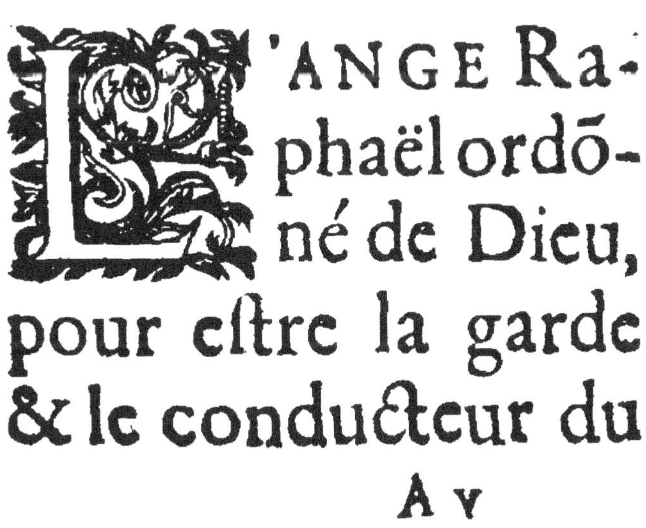

L'ANGE Raphaël ordō-né de Dieu, pour estre la garde & le conducteur du

A v

petit Tobie en ſes
voyages, apres l'a-
uoir conduit & ra-
mené ſain & ſauue
dans la maiſõ de ſon
pere, en recognoiſ-
ſance de tant de fa-
ueurs, le pere, la me-
re & toute la maiſon
luy firent tous les oſ-
fres, & luy preſente-
rent toutes les meil-
leures cõditiõs qu'ils
peurent, pour l'obli-

ger de demeurer a-
uec eux : mais cét ef-
prit celefte qui fça-
uoit pour & combié
de temps, la diuine
Majefté luy auoit
enioint d'affifter ce
ieune Patriarche, &
en fuitte de ce s'en
retourner deuers le
ciel d'où il eftoit ve-
nu, s'excufa de tou-
tes les offres & ap-
poinctemés que l'on

luy auoit preſenté , en deſcouurant qu'il eſtoit vn des ſept an-ges qui aſſiſtent or-dinairement & de-meurent debout de-uantDieu,faiſant co-gnoiſtre par cette maniere de parler , qu'il auoit non à de-meurer en cette ter-re mortelle auec les hommes, mais bien à s'en retourner au

lieu

lieu au ciel d'où il e-
ſtoit party. Ce qu'au
prealable de faire il
leur laiſſa de bons &
ſalutaires preceptes,
& entre autres qu'ils
euſſent à craindre
Dieu, & honorer le
Roy.

Ceſte ſacrée & ſain-
cte hiſtoire, ayãt eſté
publiée par nos Pe-
res ſpirituels, dãs les
temples, & Egliſes de

Paris, a donné dans
l'esprit & dans la de-
uotion de tous les
bons & deuots Fran-
cois, mais particulie-
rement à moy, qui
en la ieune saison de
mes ans, me ressens
naturellement obli-
gée, non seulement
de publier les rares
& excellentes vertus
du plus grand Roy
du monde LOVIS

le Iuſte, mais encor
(bien que la condi-
tiõ de mon ſexe ſem-
ble y contreuenir)de
les eſcrire. Ce à quoy
faire i'y ſuis autant
& plus tenue,que ce-
ſte Sᵗᵉ Hiſtoire m'y
conuie, & la parole
d'vn ſi puiſſant An-
ge,qui pour le moins
ſinon mieux que le
ieune Tobie,l'a con-
duit & ramené ſain

& fauue en tous fes voyages, & fainctes entreprifes. Mais cõment, ô mon Dieu l'amour de mon ame, le pourray ie honorer à l'efgal de fes merites, & de ce qu'il eft? Il y a vn genre de perfonnes, que les anciens n'honoroiét point, ores qu'ils euffent bien merité de la chofe publique,

qu'apres la mort :
mais le Roy comme
la merueille de tous
les Princes de la ter-
re, & le parangon de
tous les Monarques
de l'vniuers, merite
que non seulement
l'on le tienne apres
cette vie pour sainct,
mais encor tant qu'il
viura icy bas d'estre
estimé bienheureux.
Mais pour ne sem-

B iij

bler flater fa Majefté
tant augufte, que ie
fçay, & l'ay oüy dire
à de fes plus fideles
feruiteurs, eftre au
mourir ennemie de
ce vice, comme de
tous les autres, qui
peuuent ternir le lu-
ftre d'vn grand Prin-
ce;ie me fuis trouuée
obligée de dire de
luy,que la France au
fiecle où nous fom-

mes , ne pouuoit e-
ftre dauantage fauo-
riſée du ciel qu'elle a
eſté, quand Dieu luy
voulut donner pour
Roy & pour pere vn
ſi debõnaire Prince.
Pluſieurs ſans doute
s'eſmerueillerõt qu'-
vne fille ayt oſé en-
treprédre d'y appor-
ter de ſon ſtile, com-
me ſi deſia elle ne
ſçauoit pas , que les

meilleures plumes du Royaume ont amplement escrit de sa gloire & de ses triomphes : mais ceux là n'ont fait que ce à quoy la nature & la raison les oblige. En cela ils ont faict leur deuoir ; & moy ie croy satisfaire en quelque sorte au mien, respandant deuant sa Royale Ma-

jesté , non les fleurs
les plus exquises &odo-
riferantes des plus
beaux parterres de
l'Europe,car cela est
peu pour sa grãdeur;
mais bien quelques
violettes recueillies
en la contemplatiõ
de son auguste Ma-
jesté, lesquelles com-
me quatre excellens
attributs & admira-
bles vertus, entre tãt

d'autres qu'il posse-
de, ie veux depar-
tir à ses fidelles su-
jets, pour leur don-
ner occasion de l'i-
miter.

Ie commenceray
par la vertu de son e-
xemplaire & loüa-
ble pieté & religion,
qui le rendent telle-
mét agreable & par-
fait deuant Dieu, que
c'est vne merueille :

car quand est ce que
l'on a veu en ce Roy
aume tant de Con-
uents & Monasteres
de l'vn & l'autre fe-
xe, comme il y en a?
Et où est le siecle au-
quel la reformation
de toutes sortes de
Religions ayt tant
prins de pied & de
fondement, comme
elle a fait en France
durant l'heureux re-

gne de ſa Majeſté?
Pour preuue de-
quoy nous auõs veu
ces iours derniers
pluſieurs viure &
mourir biẽheureux,
& iceux eſtre cano-
niſez & enregiſtrez
au Catalogue des
Saints. Or cette ver-
tu eſtãt comme l'on
dit la baze, & le fon-
dement de toutes les
autres, & meſme l'a-
me

me, se faut-il esmer-
ueiller si icelle posse-
dant vn si digne &
excellent sujet, ses o-
deurs & senteurs par-
uiennent auec tant
de fruit à tous ses su-
jets ? Ce que les Na-
turalistes disent du
Soleil second pere
nourrissier du mon-
de, qui en son gail-
lard leuer resioüit les
hommes, ouure les

fleurs, & leur donne
odeur ; ie le dis de ce
bel Aſtre, ce beau ſo-
leil de mon Roy, dõt
la vertu eſt ſi grande
qu'il a le pouuoir &
la force de non ſeule-
ment reſioüir les hõ-
mes, mais encore de
leur faire flairer &
ſentir les odeurs de
toutes les perfectiõs
qui ſont à deſirer à
vn grand Prince cõ-

me il eſt. A ce propos
du Soleil quelques
vns ont remarqué q̃
ce que cette belle lu-
miere fait en tous les
ſept cieux, lors qu'il
vient à rompre & à
diſſiper les groſſes &
eſpaiſſes nuées qui ſé-
blent menacer la ter-
re d'vn ſecond delu-
ge; le Roy l'a fait dãs
le beau ciel de la Frã-
ce, où s'eſtant engen-

dré depuis plusieurs
années des nuages es-
pais, faicts comme
l'on dit des meteores
de vice & d'heresie,
au milieu de son air,
serain, doux & gra-
cieux,, il a donné &
penetré à trauers si
viuement par le bril-
lant de ses Royales
vertus, qu'il en a fait
presque perdre la me
moire. Et peut-on

dire de luy , en luy
appliquant vn texte
de l'Escriture,ce que
les filles de Hierusa-
lem disoient autre-
fois de Saül &de Da-
uid , que Saül auoit
occis des Philistins
mille ; & Dauid dix
mille.Charles IX. fit
vne grande execu-
tion des ennemis de
la foy , & Religion
CatholiqueAposto-

lique & Romaine, en forte que l'on peut dire de luy, il a bien fait. Mais pour le regard de ce grand Roy Loüis, ce fecõd Roy Dauid, il a fait merueilles, & aucun Roy à conter depuis François I. iufques à luy, n'a tant fait pour le bien de l'Efpoufe de Iefus Chrift l'Eglife, & la Monar-

chie Françoiſe, com-
me il a faict. A cette
occaſion toutes les
nations de la terre le
diront bienheureux.
Si de cette grande &
incomparable vertu
il faut paſſer à l'attri-
but de la ſageſſe eter-
nelle, de laquelle le
Tout-puiſſãt l'a fait
participant abondã-
ment, attendu les ef-
fects qu'il en fait pa-

roiſtre to' les iours;
qui ne dira que bien-
heureuſes sõt les en-
trailles qui l'ont por-
té,& bien heureux le
Royaume qui eſt re-
gy & gouuerné par
vn ſi ſage Prince?La
nature & l'experien-
ce nous apprẽd, que
le fils tient & parti-
cipe grandement de
l'humeur & inclina-
tion du pere, & la fil-

le suit promptement
les traces & vestiges
de la mere : & i'ay
oüy dire quelquefois
aux   Predicateurs ,
que ce qu'vn pere de
famille est dans sa
maison , vn Prince
l'est en son Estat, &
que ce qui s'y trou-
ue de bon & de ver-
tueux, il le faut prin-
cipalement imputer
sur celuy qui en a le

commandement &
la charge, eſtãt prin-
cipalemēt de l'incli-
natiõ & de l'humeur
dõt noſtre Seigneur
a fait naiſtre noſtre
grand Roy LOVIS.
Les Iuifs & tout le
peuple que l'on ap-
pelloit anciennemēt
le peuple de Dieu, ſe
glorifioiēt à merueil-
les qu'ils auoient vn
Prince & vn Roy le

plus ſage de tous les
Roys de la terre : &
la France ne peut el-
le pas, pour le moins
auec vn autant iuſte
tiltre que les Iuifs &
enfãs d'Iſraël, ſe glo-
rifier de ioüir de la
preſéce d'vn des plus
ſages & prudés Rois
du monde? Durant
le regne de tous les
Rois, chacun en ſon
Royaume , l'on a

toufiours veu la ver-
tu & le vice fe faire
vne cruelle & conti-
nuelle guerre sãs tre-
ue, au moyé dequoy
les hommes abufans
de la grace de Dieu,
en afferuant & affu-
iettiffant le liberal &
franc arbitre fouz la
loy du peche, tom-
bent en des fautes
prefque irreparables,
pour lefquels redref-
fer

fer & remettre fus
pied (cõme l'on dit)
il n'y a rien qui y fa-
ce tant cõme le bon
exemple du Prince,
cela mefme void-on
tous les iours fe pra-
tiquer en ce Royau-
me;mais par la grace
de Dieu l'on ne void
pas le vice furmõter
en telle forte la ver-
tu en France, que la
vertu ne puiffe dire

qu’elle eſt demeurée victorieuſe. Or facilement l’on emporte la victoire ſur l’ennemy, quand le Capitaine premier à la teſte de l’armée combat courageuſement & vaillammēt. Ainſi ie dis, qu’il ſera fort facile & aiſé aux Frãçois de vaincre & ſurmonter le vice, puiſque à la teſte de

tous fa Majefté fa-
crée combat le pre-
mier. Cette grace
n'eft pas petite pour
la France, d'auoir vn
Roy qui dés fa naif-
fance fçait combatre
le vice. C'eft par ce
moyen qu'elle doit
attendre vne confer-
uatiõ entiere & par-
faicte , & ne point
craindre que fes en-
nemis luy puiffent

rien, tant qu'elle au-
ra pour Roy & pour
pere LOVIS le Iu-
ſte. Dieu grand &
tout bon, pour mon-
ſtrer combien le don
de la ſageſſe & pru-
dence eſt neceſſaire
à vn Prince, lequel a
à eſtablir des loix, re-
gir & gouuerner vn
peuple, a fait dire par
vn de ſes Prophetes,
que la fleur qui ſor-

tiroit & monteroit
de la racine de Ieſſé,
ſur icelle repoſeroit
l'eſprit du Seigneur,
eſprit de ſageſſe , &
d'entendemēt. L'en-
tendement qui pre-
ſuppoſe la raiſon, &
la ſageſſe la iuſtice &
l'equité , ſont deux
parties & deux ver-
tus qui poſſedent en-
tierement l'ame du
Roy, au moyen deſ-

quels l'on peut dire
de luy ce que l'on di-
soit de Salomō, gou-
uernant le Royau-
me de la Iudée, que
son regne est equité
& iustice. Que si cet-
te Reyne du Midy
qui vint de son Roy-
aume en Ierusalem,
pour admirer sa sa-
gesse, estoit encor en
vie , & qu'elle eust
entendu la moindre

chose qui se dit de la
sagesse du Roy, elle
partiroit de sõ Roy-
aume, & s'en vien-
droit pour admirer
la sagesse & la pru-
dence du Roy des
François, & diroit
asseurément qu'elle
en a encor plus veu
& experimenté, que
l'on ne luy en a pas
dit. Pour cognoistre
quand Dieu veut du

bien à vne Monar-
chie , les Sages ont
fait cette remarque,
que fi le Prince qu'il
eftablit deffus pour
la regir & gouuer-
ner,eft retenu & mo-
deré dans la troifief-
me fois du nombre
de fept des ans de fon
âge,c'eft vn figne eui-
dent que le Royau-
me profperera. Or la
France quelles acti-

ons de graces ne doit
elle point rendre à
Dieu , que le Roy
qu'il a pleu à sa diui-
ne bonté luy donner
dans le nombre de
trois fois sept de ses
ans, se trouue vn des
Princes de la terre
des plus moderez &
retenus? Aussi Sene-
que disoit fort genti-
ment & bien à pro-
pos, que où la rete-

nue & moderation
se rencontre, là se re-
trouuent toutes les
vertus, qui peuuent
rendre vne person-
ne recommandable
à tout le monde, ce
qui est vne tres.bel.
le chose à veoir:mais
quãd toutes ces bel-
les qualitez se remar-
quent en vn Prince,
c'est vne merueille.
Ainsi est-ce la mer-

ueille des merueilles,
que le Roy auquel
attendu ſa dignité
ſont permiſes beau-
coup de choſes, que
l'on ne ſçauroit ſinõ
que iniuſtement blâ-
mer, ne veut pour-
tant rien faire , ſur-
quoy le moindre de
ſes ſujets puiſſe fon-
der aucun pretexte;
car quant à ſa con-
uerſation , qu'y a-il

de plus agreable au
monde q̃ ce graue &
poſé maintiẽ, qui de-
core & orne ſa Roy-
ale Majeſté, tout ain-
ſi que le Soleil em-
bellit les Cieux, quel-
le marque eſt celle-
la qu'vn effect tres-
puiſſant de cette grã-
de ſageſſe & pruden-
ce , dont la diuine
bonté l'a ſi puiſſam-
ment enrichy ? C'eſt
de

de ſes vertus que
naiſſent la proſperi-
té & l'abõdance dãs
les Eſtats & Repu-
bliques ; mais ſingu-
lierement la paix &
la iuſtice s'y fõt voir
comme deux grãdes
Princeſſes, qui auec
le Roy illuſtrẽt tout
le Royaume. Il y a
plus, cette vertu &
don de Dieu a vne
autre proprieté, de

faire que celuy qui la poſſede eſt de ſon naturel doux , be- nin, gracieux , affa- ble, debonnaire, & pacifique ; que com- bien tous ces riches epithetes puiſsēt ap- partenir quelquefois en detail à pluſieurs grands perſonnages, elles neantmoins ap- partiennent toutes à ſon auguſte Majeſté :

car quel eſt le Prince
du monde qui ſoit
plus doux, benin &
gracieux que luy?
ou qui eſt plus affa-
ble & debonnaire
entre tous les Roys
de la terre qu'il eſt?
Et qui ayme mieux
que la paix ſoit main
tenuë- & conſeruée
dans ſon Royaume
que luy? Il eſt impoſ-
ſible d'en trouuer vn

tel; en voicy vne rai-
son. Quand Dieu le
Pere toùt puiſſant ,
voulut enuoyer ſon
fils en ce monde, l’E-
criture ſaincte , au
rapport de nos Pre-
dicateurs, remarque
qu’il l’enuoya en vne
saiſon, que toute la
terre eſtoit en paix ,
& que entre toutes
les qualitez qu’il au-
roit auec ſoy, il por-

teroit les epithetes de
fage, & de Prince de
paix, ayant fait dire
auparauant par fes
Propheres, que le fils
de Dieu feroit Roy,
& qu'il feroit fage, &
& regneroit en fagef-
fe ; & en outre feroit
appellé Prince de
paix : or tout cela
mefmes auec verité
peut eftre attribué à
ce grand & fage Roy

LOVIS le Iuste plus qu'à nul autre Roy de la terre. De tant que Dieu ayant don-né la paix à ce Roy-rume, par la main de HENRY le Grand d'heureuse memoi-re, & quãd aussi tou-te l'Europe ioüissoit d'vne plaine paix, il le voulut faire nai-stre au milieu de cet-te paix vniuerselle,

pour afin qu'il fuſt
dict de luy , qu'à la
France eſtoit né vn
Prince de paix, pour
laquelle dignement
conſeruer , Dieu luy
a departy abondam-
ment du threſor de
ſes diuines graces, &
ſur tout l'a fait nai-
ſtre ſage & prudent ,
qui ſont les plus ne-
ceſſaires qualitez à
vn Roy pour main-

tenir son peuple en
paix & en iustice, a-
fin qu'il fust dit de
luy, ce que les diuins
oracles auoient pre-
dit du Roy Salomõ,
que comme sur l'If-
raël regneroit vn
Roy sage & prudét,
& que ce Roy seroit
magnifié & exalté
sur tous les Rois de
la terre. Tout de mef-
me viendroit vn téps

que le peuple Fran-
çois receuroit de la
main de Dieu vn
Prince & vn Roy en
la persōne de sa Ma-
jesté, qui seroit tres-
sage & tres-prudent,
& qu'il seroit magni-
fié sur tous les Rois
du monde.

En outre, ces incō-
parables vertus en
nostre souuerain ont
causé & produit vn

zele & vne affection
ſi grande à ceux qui
ont eu de l'authorité,
ou des charges pu-
bliques pour haran-
guer & dire en pu-
blic les loix du Prin-
ce, & publier les or-
donnances de Dieu,
qu'il ſēble qu'à l'en-
uie des vns & des au-
tres, ils ſe ſoient vou-
lus cőme défier qui
parleroit le mieux

deuant ſa Majeſté,
& notamment pour
auoir de la gloire,
qui feroit le mieux,
pour de tant plus
embellir la langue
Françoiſe, laquelle
n'a iamais tant eſté
ornee de fleurs de re-
thorique,& enrichie
de belles &elegantes
phraſes, comme elle
a eſté durãt ſon heu-
reux regne. Au moy-

en de quoy nous voy-
ons les plus difficiles
& obscurs passages
de l'Escriture sainte,
eloquemment expli-
quez & deduits en
leur vray sens & par-
faicte intelligence,
par les doctes & sub-
tiles plumes de no-
stre temps.

Mais que dis-je de
la langue Françoise,
l'Hebraïque, la Gre-
que

que & la Latine fu-
rent-elles iamais en
plus grãde eſtime &
pratique en France
qu'elles ſõt à preſét?
Et iamais y eut-il vn
ſi grand nombre de
doctes & ſçauãs per-
ſonnages qu'il y en
a? Et ce qu'autrefois
a eſté dit d'Athenes
fameuſe cité de Gre-
ce, d'auoir eſté la me-
re des lettres, & des

sçauans Philosophes
en toutes sortes de
sciences , il le faut
dire auiourd'huy à
plus iuste tiltre de la
grande & fameuse
cité de Paris : car cõ-
bien qu'en Athenes,
quãd on vouloit dis-
puter ou s'enquerir
des secrets de la na-
ture, l'on y trouuoit
de toutes façons de
Philosophes,cela ne-

antmoins eſt peu de
choſe en comparai-
ſon de la France, &
particulierement de
Paris, en laquelle ſeu-
le ville s'y trouuent
plus d'habiles & ſça-
uans hômes en tou-
tes ſciences, & ſingu-
lierement touchant
la reyne de toutes les
ſciences diuines &
humaines, la ſainĉte
Theologie, qu'au re-

ſte de toutes les vil-
les de l'Europe. Ces
faueurs & ces graces
ne ſont pas tãt deuës
à la France pour ce
qu'elle eſt France,
comme à meilleures
enſeignes il les faut
imputer à la vertu &
probité de ſes Rois,
& particulierement
de ſa Majeſté, dõt le
Seigneur tout puiſ-
ſant ſemble auoir re-

ſerué de ſon temps la
parfaicte cognoiſsã-
ce de toutes langues;
en ſorte que ſans al-
ler en autre part du
monde que dans ſa
ville metropolitai-
ne, l'on peut puiſer a-
bondamment dans
le fleuue de toutes
ſciences. A ce ſujet
fait fort bien ce que
ï'ay oüy dire d'vn an-
cien , que les lettres

& les ſçauans hômes
imitent vne certaine
eſpece d'oiſeaux que
la nature ayant faiƈt
naiſtre errans & ſans
aucune retraite par-
ticuliere, ſi toſt qu'ils
peuuent voler chan-
gent de place, & vont
par tout où ils trou-
uent à manger, que
s'ils apperçoiuét que
le moindre tente à
leur vie, ils quittent

& se departent tout incontinent, & s'en vont en vn autre païs. Tout cela se re-marque touchant la science & les lettres, tant humaines que philosophiques, qui n'estans pas bien re-ceuës & recogneuës pour ce qu'elles e-stoient, voyagerent premieremẽt en Cal-dée, apres en Egypte,

d'Egypte en Grece,
de Grece en Italie,&
finalement en Fran-
ce,où plus qu'en pas
vn Royaume de la
terre elles se sõt trou-
uées les mieux re-
cueillies & cheries,
& ont tasché, cõme
en effect il est ainsi,
de mettre leur prin-
cipal siege, au lieu
où principalement
le Prince a esleu le

sien, & où coustu-
mierement il fait son
seiour, pour dire que
les lettres tiennēt de
la Royauté & de la
Majesté tout ensem-
ble, que toutes per-
sonnes ny toutes vil-
les ne sont pas dignes
de les posseder, sinon
les hōmes bien nez,
& qui ne tiennent
rien de la bassesse,
ains de la grandeur

& de la Royauté.
Cette obligatiõ ioin-
te à tant d'autres que
la France a au Roy,
fera dire en l'eterni-
té, que le regne de ce
grand Monarque a
de nouueau fait nai-
ſtre la vertu dans ſon
Eſtat, & d'abondant
raffermy le ſiege &
le throſne des Muſes.
Cecy ſoit aſſez pour
ce regard. Paſſons à

vn autre grand don
& perfection, qui est
celuy de la bonté,
vertu qui n'est pas
moins necessaire à
vn Roy grand com-
me il est, que la sagef-
fe & prudence : car
comme ces dons &
vertus icy font ne-
cessaires à vn Prince,
pour dignemét & v-
tilemét regir & gou-
uerner le peuple que

Dieu luy a mis entre les mains, celle-cy ne luy eſt pas moins importante pour ſe faire aymer de ſon peuple. Auſſi n'y eut-il iamais Roy en ce Royaume plus tendrement chery & aymé de ſes ſujets, que ſa Majeſté:car quelle ſorte de douceur & de bienueillance n'a-il vſé enuers tous ?

plus

Les plus grands en
sõt tefmoins, enuers
lefquels il ne s'eft nõ
feulement monftré
comme Roy , mais
comme frere , vfant
en leur endroit de
faueurs, graces, libe-
ralitez , & augmen-
tation de bien faicts.
L'hiftoire la mere de
tout ce qui fe dit &
fait au monde , ap-
prend que quelques

vns abusant de l'au-
thorité des Souue-
rains, n'y ont trouué
chose qui ayt faict
pour eux que la iu-
stice , au moyen de
laquelle ils ont payé
& amendé les fautes
par eux commises :
mais quelque histoi-
re qui puisse iamais
estre , ne dira point
du Roy , sinon qu'e-
stant obligé, & ayant

peu faire sentir sa iu-
stice à ceux qui en
deuoient estre en ap-
prehension , au lieu
de rigueur il a vsé de
douceur & de cle-
mence , en rendant
le bien pour le mal.
Mais les grands Sei-
gneurs ne doiuent
pas estre seuls pro-
duits pour obiet de
la bonté du Roy, de
tant que les plus pe-

tits mefmes de fes fu-
jets & vaffaux, reti-
rent largement tous
les iours le fruiȼt de
fa debõnaireté. Mais
qui entre tous font
obligez à cette ver-
tu refidente à vn fi
grand Prince, il pa-
roift indubitable q̃
ce font ceux de la
Religion pretenduë
reformée , lefquels
ny leurs peres n'ef-

prouuerent ny expe-
rimenterent tant de
douceur d'aucú Roy
tres-Chreſtien, cóme
ils font de ce debon-
naire Prince LOVIS
le Iuſte, qui ayant
peu leur faire reſſen-
tir les fautes & rebel-
lions paſſees par le
fer, & mettre leurs
deportemés en la ba-
lance de ſa iuſtice, il
a mieux aymé les diſ-

simuler par sa natu-
relle bonté en leur
pardonnant, que de
les faire chastier. Ces
bons traittemēs d'vn
Roy à l'endroit de
ses sujets, quelle fer-
ueur & ardeur ne
leur doiuent-ils cau-
ser pour estre craint
& aymé? Quand ils
auroiēt le cœur aussi
dur que marbre, &
aussi froid que la gla-

ce qui demeure dans
les Alpes plus de
cent ans sans se fon-
dre, ils doiuent chan-
ger cette qualité &
humeur en celle qui
faict que les cœurs
les plus farouches &
endurcis deuiennent
d'autant plus doux
& traittables.

C'est par cét excel-
lét don enquoy prin-
cipalement sa Maje-

sté imite le mieux, le
diuin & souuerain
Monarque ; car cõ-
me il fait egalement
luire son soleil sur les
bons & les mauuais,
& ce que l'on dit d'v-
ne mauuaise habitu-
de qui souuent en a-
mene vne autre : ain-
si en est-il d'vne ver-
tu, laquelle en engẽ-
dre vne autre , il le
faut dire du Roy,

qui ayant en foy cõ-
me de naiſſance la
bonté, cette vertu &
bonne qualité luy en
produit & amene v-
ne autre excellente,
qui eſt la iuſtice:ver-
tu qui eſt tellement
neceſſaire, que Dieu
meſme pour en mõ-
ſtrer l'importance &
la dignité, il ſe l'eſt
voulu retenir, pour
vne des principales

marques de sa diui-
nité, mettãt pour ses
epithetes, ces mots,
*Ie suis bon, ie suis sage, ie
suis iuste;*epithetes qui
conuiennẽt tres-bien
au Roy. Ces deux
premiers sont prou-
uez cy dessus,&pour
celle de la iustice ce-
la est hors de doute,
qu'il né soit vn des
plus iustes Roys de
la terre. Aussi a-il

merité le nom de
LOVIS le *Iuste* : *Iuste*
en ſes paroles, *Iuſte* en
ſon cœur, *Iuſte* en ſes
actions , *Iuſte* en ſes
loix & ordonnãces,
ſi qu'à bon droit il ſe
peut appliquer vn
trait de la ſageſſe e-
ternelle, laquelle au
dire de nos Predica-
teurs, parlant de ſoy,
pour monſtrer com-
ment elle chemine,

diſoit, *Ie chemine par les voyes de la iuſtice, afin que ie face riches et opu-lens ceux qui m'aymerõt.* Eſtãt bien raiſonna-ble que où la iuſtice regne, & eſt bien ad-miniſtree, cõme en effect elle regne & repoſe en la perſon-ne ſacree de ſa Ma-jeſté, il ne faut point eſtre en apprehen-ſion que le peuple

tõbe en ruyne ; mais
au contraire c'eſt de
là qu'il doit attendre
tout ſon bon heur, ſa
richeſſe & ſon ſoula-
gement. A ce propos
vn ancien eſtant in-
terrogé qui eſtoit ce-
luy qui ſe pouuoit
dire parfaict, reſpõ-
dit, celuy qui peut
eſtre iuſte, voulant
par là donner à en-
tendre, comme i'ay

oüy rapporter de S.
Auguſtin, qu'il n'eſt
pas ayſé & facile qu'-
vn hõme pour eſtre
magnanime , robu-
ſte, ou biẽ pour eſtre
doüé de quelque ver
tu morale, ſoit pour
cela dit iuſte, mais s'il
eſt *Iuſte*, s'il eſt droi-
durier & equitable,
ſans doute il peut e-
ſtre dit parfaict. Et
tout ainſi, comme au

dire de Beliſſaire en
ſon harangue mili-
taire, que où la iuſti-
ce defaut, la vaillãce
ne ſert de rien, il faut
de là conclure, que le
Roy eſtant iuſte, par
ſon courage , ſa va-
leur, & ſa generoſité,
a entieremẽt tiré ſon
peuple de la miſere
publique, en luy dõ-
nant la paix.

FIN.